PHYSIOLOGIE
DU FLOUEUR.

TEXTE PAR CH. PHILIPON.

Dessins par Daumier, Lorentz, Ch. Vernier
et Trimolet.

PARIS.

ÉDITEUR   LAVIGNE,

la Bourse.   rue du mont saint-andré.

Publication d'Aubert et Cie, place de la Bourse, 29.

Livres illustrés.

LES ANIMAUX PEINTS PAR EUX-MÊMES, magnifique volume illustré par Grandville. — LES FABLES DE FLORIAN, par le même artiste. — LES FEMMES DE SHAKSPEARE, livre de luxe, orné de gravures anglaises. — LES BEAUTÉS DE LORD BYRON. texte par Amédée Pichot, gravures anglaises du plus grand mérite. — LE MUSÉUM PARISIEN, texte par L. Huart, dessins par Gavarni, Daumier, Grandville et autres. — LES FABLES DE FLORIAN, édition illustrée par Victor Adam. — PARIS DAGUERRÉOTYPÉ, les rues de Paris avec texte explicatif et historique. — LA GALERIE DE LA PRESSE, DE LA LITTÉRATURE ET DES BEAUX-ARTS, trois gros volumes: 147 portraits des artistes et gens de lettres en réputation. — LES FASTES DE VERSAILLES, texte par M. Fortoul, gravures anglaises et françaises. — PHYSIOLOGIES par MM. Balzac, — Delor, — L. Huart, — Lemoine, — H. Monnier, — Maurice Alhoy, — Marco Saint-Hilaire, — Ourliac, — Philipon, — James Rousseau, — F. Soulié et autres; dessins de Daumier, — Gavarni, — Janet-Lange, — A. Menut et autres.

LES CENT-ET-UN ROBERT-MACAIRE, texte par MM. Maurice Alhoy et Louis Huart, dessins par *Daumier*, sur les idées et légendes de *Ch. Philipon*, 2 beaux volumes, 101 dessins. Prix, 20 fr.

LE MUSÉE POUR RIRE, texte par MM. *C. Philipon, Louis Huart* et *Maurice Alhoy*; dessins de MM. *Gavarni, Grandville, Daumier, Bouchot* et autres, 3 beaux volumes. Prix : 30 fr.

Estampes.

Estampes d'encadrement, — Estampes de genre, pour albums, etc., — Modèles de figures, de paysages, de fleurs, d'animaux, — Ornements anciens et modernes, — Costumes de théâtre et de travestissements, — Costumes civils et militaires, — Dessins pour les fabricants d'étoffes, d'impression sur toile et sur papier, de broderies, de tapis, etc., etc.

Caricatures.

La maison Aubert a fondé les journaux qui publient des

PHYSIOLOGIE

DU FLOUEUR.

PHYSIOLOGIE

DU FLOUEUR.

Lil 6 88

IMPRIMÉ PAR BÉTHUNE ET PLON, A PARIS.

Physiologie

DU FLOUEUR,

PAR

Ch. Philipon.

VIGNETTES

Par Daumier, Lorentz, Ch. Vernier,
et Trimolet.

PARIS,

AUBERT ET Cie,
Place de la Bourse,
I.

LAVIGNE,
Rue du Paon-St-André, 1

1842.

PRÉFACE.

Je ne vois jamais une préface sans songer à ces belles poupées de cire, bien roses, bien décolletées, qui, placées derrière le carreau des coiffeurs, tournent sur elles-mêmes, font la roue, pour présenter sous toutes faces les charmes artificiels de leur perruque.

En effet, la préface est l'étalage de l'auteur: c'est là qu'il expose au public, non-seulement le but de son œuvre, mais encore les trésors de son érudition; c'est la place des citations historiques, scientifiques et archéologiques.

La préface est la plus belle montre de sa boutique, et le public passe devant elle comme devant la poupée de cire, — sans la regarder. Ingrat public !

J'aurais donc tort de dépenser inutilement mon capital de savoir, et de prouver, comme je le pourrais faire par ce qui nous reste de monuments antédiluviens, que la flouerie est née *avant* l'homme, qu'elle a commencé dans

le paradis terrestre, et s'est perpétuée jusqu'à
ce jour de génération en génération, de femme
en femme et de mâle en mâle; ce qui lui constitue un assez bon nombre de quartiers et un
arbre généalogique un peu remarquable parmi
toutes les autres noblesses.

Je me bornerai au strict nécessaire; je dirai
seulement l'étymologie du nom de mon sujet,
l'acception de ce mot, et je donnerai le signalement obligé du personnage qui en représente
le type.

Le floueur et le banquiste sont deux frères
jumeaux, qu'il faut peindre ensemble; car ils
se complètent l'un l'autre, et ne font souvent
qu'une seule et même personne, comme les
frères Siamois. Nous ferons marcher de front
ces deux beaux caractères.

Floueur vient de flouer, verbe actif, — très
actif, qui lui-même provient de *florere*, verbe
neutre: fleurir, briller, exceller; attendu que
la flouerie brille, fleurit, excelle aujourd'hui
plus que jamais.

Le mot est nouveau; mais, nous l'avons dit,
le type est ancien. Il a porté, suivant les siè-
cles, des noms très-variés; il s'est appelé:
druide, — augure, — prophète, — sor-

cier, — alchimiste, — traitant, — fournis-
seur, etc., etc., etc.

La racine latine que je vous offre n'est peut-
être pas de votre goût? dites-le, vous auriez
tort de vous gêner; je tolère parfaitement la
controverse sur ce point, car, entre nous, en
vous la présentant, je pensais tout bas ce que
saint Augustin a la franchise ou la naïveté de
dire tout haut après une définition telle quelle
de je ne sais plus quel mystère :

« Si je vous dis ces choses, ce n'est pas que
» je les sache; c'est uniquement pour ne pas
» rester court. »

Saint Augustin connaissait bien l'esprit de
l'homme! Un savant peut dire des bêtises, il
ne doit jamais rester court.

Si l'étymologie de floueur est douteuse, l'ap-
plication de ce mot est infiniment plus certaine.

Flouer est le synonyme de voler, tromper,
attraper; — avec cette différence que voler
exprime seulement l'action matérielle de prendre le bien d'autrui; — tromper, l'action morale (grammaticalement parlant) d'induire
malicieusement quelqu'un en erreur; — attraper, prendre à un piége.

Ainsi, en prenant l'argent de son prochain,
on le vole; — en lui faisant accroire la chose
qui n'est pas, on le trompe; — et en lui faisant
faire par ruse une faute quelconque, on l'at-
trape.

En le trompant, l'attrapant et le volant tout
à la fois, on le floue.

La flouerie est au vol ce que la course est à
la marche, l'éloquence à la parole : c'est l'état
superlatif d'une qualité; c'est le progrès, le
perfectionnement scientifique, comme l'éclai-

rage du gaz comparé à la lumière du suif.

Venons au signalement du floueur.

Ici commence le travail physiologique, ici va se révéler déjà la profondeur d'observation dont le ciel a doué l'auteur modeste de ce charmant petit livre (style d'éditeur).

Il est des floueurs de tout âge, de toute corpulence, de tout visage et de tout rang.

Il existe aussi des floueuses non moins variées. Sans vanité, nous pensons qu'il est difficile de donner un signalement plus complet, sauf pourtant celui-ci :

Visage ovale,
Teint ordinaire,
Nez moyen,
Bouche *idem*,
Menton rond ;
Signes particuliers : zéro ;

Signalement que l'excellent M. Porte certifie conforme et véritable pour les 900,000 voyageurs qui se présentent mensuellement à ses attentives remarques.

Cependant, comme il est des esprits pour lesquels toutes les explications théoriques sont insuffisantes, je vais formuler un moyen d'expérimentation simple, facile, et à la portée de toutes les intelligences.

Arrivez le matin sur le perron de Tortoni; — allez à deux heures à la Bourse, dans la coulisse ou sur le parquet; — approchez-vous à six heures d'une table d'hôte tenue par une vieille panthère; — le soir, faites-vous introduire dans un cercle de joueurs; — ou pénétrez à toute heure de la journée dans une tontine, — dans un bureau de placement ou de remplacement, — enfin dans une boutique quelconque s'intitulant philanthropique, morale ou religieuse; fermez les yeux et saisissez le premier individu qui vous tombera sous la main : — ouvrez-les yeux, regardez-le, vous tenez un floueur.

Ce n'est pas plus difficile que cela.

J'aurais pu augmenter de beaucoup la liste des lieux propres à cette expérience infaillible; j'aurais pu vous indiquer d'autres réunions, des salons, des palais même, dans lesquels vous ne seriez pas exposé davantage à commettre un quiproquo. Mais à quoi bon ? vous ne lisez pas assez, et M. le procureur du roi lit trop.

Parlons du banquiste.

Quelques hommes sont banquistes sans être
floueurs, mais tous les floueurs sont banquistes.

Le banquiste, c'est le charlatan, c'est

J. JOKET.

l'homme qui s'habille en rouge pour se faire
remarquer au premier coup d'œil; — c'est

l'homme qui fait promener ses affiches sur le

dos d'un malotru; — c'est la queue rouge de l'industrie, c'est le Gringalet de Bilboquet.

Le banquiste seul n'a pas de portée. — Que ferait Gringalet sans le génie de Bilboquet? Rien. *L'union fait la force.*

Du floueur en général.

L'on devient cuisinier, mais on naît rôtis-
seur.

Cet aphorisme, de Brillat-Savarin, a été
mis à toutes sauces ; servons-le de nouveau,
mais présentons-le ainsi :

On devient fripon, mais l'on naît floueur.

Regardez, en effet, les enfants sont tous
plus ou moins maraudeurs, larrons, voleurs
même ; mais il en est quelques-uns dans le
nombre qui dérobent avec toutes les circon-

stances aggravantes de préméditation, de calcul et de fausseté. C'est parmi ces derniers que percera quelque jour le floueur pur-sang, l'homme qui flouera son père, sa mère, sa femme et ses enfants, avec la tranquillité d'une belle âme.

Un homme de cette sorte disait : — Je donne à ma femme mille écus pour l'entretien de la maison ; il est impossible qu'elle s'y retrouve. La femme s'y retrouvait pourtant, mais en trompant son mari.

La flouerie semble à certaines gens chose si naturelle, qu'ils nient complétement la probité, ou qu'ils sont tentés de la prendre pour un travers, si ce n'est pour un vice.

Un homme qui avait fidèlement servi pendant vingt ans le célèbre munitionnaire Ou....., le priait un jour de venir en aide à sa misère. — Comment ! s'écria le financier, vous avez été vingt ans mon intendant, et vous n'êtes pas riche ?... Vous n'êtes qu'un sot, vous m'avez trompé, retirez-vous !...

Vous rencontrerez tel bon père de famille, bon citoyen, excellent ami, qui ne tricherait pas au jeu, ne déroberait pas une pomme, et qui, dans les affaires d'argent, devient un floueur intraitable; c'est l'usurier bon garçon, qui vous égorge le matin et vous invite le soir à dîner.

Tel autre passera sa vie dans les pratiques de l'honnêteté, qui, un beau jour, s'enfuira en laissant sur la place un déficit prodigieux.

Qui pourrait dire combien sont morts en odeur de probité, à qui l'occasion seule a manqué de faire un énorme *trou à la lune?*

Ce sont des floueurs que la mort a volés.

Enfin, et cela donne à l'étude de la flouerie l'attrait des recherches psychologiques, le monde floueur reflète toutes les variétés, toutes les bizarreries et les inconséquences de l'humanité.

Du banquiste en général.

Le banquiste, nous l'avons dit dans la préface, est le paillasse qui bat la caisse au profit de l'escamoteur ou au sien.

Dans les rangs les plus infimes de la société, c'est le marchand de chaînes de sûreté, — le marchand d'articles à quinze et à vingt-cinq sous, etc., criant sa marchandise fabriquée, dit-il, par la *main des sauvages* ou par les *malheureux prisonniers*.

2

Un peu plus haut, c'est le boutiquier qui vend, POUR CAUSE DE CESSATION DE BAIL, à 50 pour 100 au-dessous du cours.

Vient ensuite le commis-voyageur, banquiste ambulant.

Le pharmacien, débitant de pilules, de pâtes, de poudres, de pastilles, etc.

Le parfumeur, qui vend des cosmétiques pour effacer les rousseurs, pour teindre les cheveux, blanchir la peau, etc.

Un degré au-dessus, on rencontre l'entrepreneur de grandes affaires, le lanceur d'opérations industrielles, qui promet aux actionnaires des bénéfices *plus grands que nature,* des dividendes monstrueux.

Mais plane sur tout ce frétin le roi des banquistes, le banquiste politique, celui qui chante *la Marseillaise* quand le vent est à la guerre, — fait le mort quand le vent est à la paix, — celui qui sait remuer les masses par la peur ou par l'enthousiasme... Celui-ci est le beau idéal du genre, c'est la réunion des deux types, banquiste et floueur, dans une seule et même personne ; c'est le mystère de l'unité dans la dualité.

Le floueur politique.

Le floueur politique est le modèle, le guide, le vrai roi de la flouerie ; car c'est lui qui s'élève aux plus hautes conceptions, fait jouer les plus puissants ressorts, obtient, — quand il réussit, — les plus grands résultats ; en un mot, c'est lui qui personnifie le type floueur.

» Oh ! si jamais il se rencontrait un roi floueur ! à quelle hauteur s'élèverait chez son peuple le grand art d'exploiter la sottise générale ! de quelle émulation sa cour serait tourmentée, et comme le goût de la haute comédie s'infiltrerait dans la société !

Car le peuple est un enfant toujours prêt à singer ses maîtres : — voyez la galanterie du siècle de Louis XIV, la rouerie de la Régence et la débauche du règne de Louis XV.

Assurément la nation qui serait gouvernée par un roi de cette espèce deviendrait avant peu la plus *civilisée* de la terre.

Le floueur politique peut se rencontrer sur tous les échelons de la hiérarchie gouvernementale.

Et si, jusqu'à ce jour, nous n'avons connu que des rois loyaux, — sincères, — désintéressés et passionnés pour la vérité, nous ne pouvons pas nier cependant la possibilité de voir quelque jour sur le trône un homme qui n'y sera monté ou ne s'y maintiendra que par la flouerie. Mais laissons le pays des rêves et occupons-nous seulement de la réalité ; c'est assez des maladies qu'on a, sans s'effrayer encore de celles qu'on pourrait avoir.

Nous disions que tous les rangs, tous les grades politiques peuvent présenter le type du floueur.

Prince, il trompera ses amis et ses ennemis, les poussera sourdement aux conspirations, aux révolutions, se tenant prêt à profiter de leur succès, ou à les désavouer s'ils échouent.

Ministre, il s'enrichira par des coups de bourse, — par des recettes générales données à sa famille, avec laquelle il en partagera le produit, — ou par des fournitures de sabres ou de fusils qu'il s'adjugera sous le nom d'un tiers.

Ambassadeur, il traitera dans son propre intérêt les intérêts de son pays, et couvrira de son inviolabilité des opérations de contrebande.

Député, il flouera ses commettants par des changements de couleur. — S'il est magistrat, il changera pour un degré d'avancement ; — manufacturier, pour une adjudication ; — avocat, pour un siége de procureur-général ; financier, pour un emprunt ; — s'il est pauvre, pour une place ; s'il est riche, pour une ambassade, etc., etc.

Juge, il soulèvera le bandeau de Thémis pour fausser le poids en matière politique, pour frapper juste sur le faible et ménager le fort.

Electeur, il trafiquera de sa voix pour obtenir un chemin vicinal, une bourse à son fils,

un ruban à sa boutonnière, une misère quelconque.

Administrateur ,

Il économisera cent mille écus de rente
Sur des appointements qui ne sont que de trente.

Chef de bureau , s'il ne peut faire mieux,
s'il n'a dans ses attributions ni la voirie pour
vendre les plans de la ville, ni les lignes ou les
numéros de voitures publiques pour gagner des
pots-de-vin , il flouera les surnuméraires en
plaçant ses neveux, les employés en s'attribuant
les gratifications , etc. , etc.

Journaliste , il traînera Thiers ou Guizot
dans la boue; le lendemain., il les placera l'un
ou l'autre, — ou l'un et l'autre — sur un pié-
destal, les insultera de nouveau, les réencen-
sera, et ainsi de suite, proclamant et reniant
tour à tour, sans la moindre pudeur, et les
mêmes principes et les mêmes hommes.

Oui, le floueur politique est le roi des
floueurs.

Le banquier floueur.

Quel est cet homme? — un banquier. —
D'où vient-il, et comment est-il devenu banquier? — tout le monde l'ignore. Il fait la
banque, c'est tout ce qu'on connaît de lui;
mais à voir sa science dans les chiffres et dans
le calcul de l'intérêt des intérêts, il est certain
qu'il a dû faire des multiplications et des sous-
tractions à l'âge où d'autres font leurs dents.
Quoi qu'il en soit, banquier par droit de nais-
sance par la grâce de Dieu ou par la grâce du
diable, il a gagné de l'argent; et s'il reste banquier, c'est pour en gagner encore.

Vous comprenez que nous ne faisons pas ici le procès à la banque en général ; — nous ne parlons pas de l'homme qui fait honnêtement l'agio, le change de place ou les négociations commerciales ; mais uniquement du brasseur, du tripoteur d'affaires, et surtout de celui qui recherche de préférence les opérations embarrassées pour pêcher en eau trouble.

Exemple :

Vous possédez un terrain de grande valeur sur les boulevards, — ou ailleurs ; — vous avez élevé sur ce terrain une magnifique maison. Le tout vous coûte un million ; mais vous avez épuisé votre fortune, et il vous manque une centaine de mille francs pour donner le dernier vernis à vos peintures, le dernier poli à vos marbres. Vous recevez de plusieurs côtés le conseil de vous adresser à M. Pierre, — Paul, — ou Michel, banquier très-estimé, dont la spécialité est de prêter sur de semblables garanties.

Vous risquez une démarche auprès de lui ; vous êtes parfaitement accueilli.

— Nous connaissons monsieur, vous dit-il, et votre propriété, et, ce qui vaut mieux pour nous, votre probité ; combien vous faut-il ?

— Monsieur, j'ai besoin de cent mille francs.

— En voici deux cents. Vous nous ferez une obligation payable dans un an.

— Un an ne pourrait me suffire, avant que ma maison soit en plein rapport, avant que j'aie pu réaliser...

— Nous vous donnerons dix ans si vous voulez, mais en renouvelant d'année en année ; c'est l'usage de notre maison. Du reste, vous comprenez bien que nous n'avons pas intérêt à déplacer des fonds aussi sûrement prêtés.

Un renouvellement, deux renouvellements ont eu lieu ; vous dormez sur vos deux oreilles, quand, une année, une mauvaise année, une année de faillites, de troubles politiques ou autres, M. Pierre, ou Michel, refuse de renouveler. — Il a besoin de ses capitaux, — il craint une révolution, — il veut réaliser ses fonds.

C'est un coup de foudre ! Vous cherchez de l'argent en toute hâte. — L'argent qu'on demande avec précipitation ne se trouve pas. — Le terme fatal approche, il arrive ; vous n'avez pas encore pu emprunter, les frais commencent; — dès ce moment, l'emprunt devient impossible.

Les frais continuent ; vous voulez gagner du temps, vous plaidez sur ceci, sur cela ; vous vous enferrez davantage.

Un jour, la maison est mise aux enchères : vous n'avez pas publié votre ruine à son de trompe, M. Paul, ou Michel, n'en a rien dit de son côté, — personne ne se présente à la vente forcée... personne, que vous et M. Pierre, ou Michel... Tout lui est adjugé pour 350,000 fr. — 200,000 fr. prêtés et 100,000 fr. de frais,

total : 300,000 fr. ; vous restez son débiteur de
50,000 fr.

Clichy vous reçoit dans ses murs hospita-
liers. Mais bientôt la vie du cloître vous fati-
gue ; vous négociez avec votre intraitable
créancier, et votre femme le presse de solli-
citations : ses larmes sont long-temps infruc-
tueuses. Un jour, elle obtient tout ; par quel

moyen ? vous l'apprendrez trop tôt... Vous êtes
libre ; vous avez perdu votre fortune et votre
bonheur domestique, mais vous avez du moins
acquis une profonde connaissance de l'instabi-

lité des propriétés immobilières et conjugales.…
C'est bien quelque chose !

Tel autre banquier du même ordre opère
d'une manière analogue sur les grands industriels gênés, — ils le sont tous, — en leur faisant offrir par des compères un crédit que le
manufacturier accepte à baise-mains. A dater
de ce jour, l'argent coule, la fabrique grandit,
se développe, double ses produits, étend pro-
digieusement ses affaires ; mais aussi, à dater
de ce jour, la ruine du fabricant est assurée ;
— la veille d'une lourde échéance, le crédit est
brusquement retiré.

Vainement le malheureux commerçant sup-
plie, se traîne aux genoux de l'homme qui

tient dans sa main son honneur et son sort, rien n'émeut ce cœur d'argent. — Pressé par ses engagements , et placé entre la honte d'une faillite ou la misère, l'honnête homme ne balance pas : il assure la paye de ses ouvriers et la virginité de sa signature, fait l'abandon du fruit de vingt années de travail, et le banquier devient, d'un coup de dés, fabricant de porcelaine, de toiles peintes, de produits chimiques , etc.

Disons-le cependant, pour être juste envers tout le monde, on voit quelquefois le nouveau propriétaire de la manufacture faire un sort à l'ancien fabricant, et l'envoyer avec une petite pacotille mourir au Sénégal; — quelquefois même il ne l'arrache pas aux douceurs de la famille, et lui fournit généreusement les moyens de vivre dans son pays... concierge ou garçon de magasin.

Mais le beau temps du banquier floueur fut le temps de l'épidémie des commandites par actions.

Tous les jours , vingt sociétés nouvelles se créaient; jamais le capital n'était moindre de quelques millions ou de quelques belles centaines de mille francs, — et jamais le fondateur

ne possédait trois sous. Il fallait donc absolument
que cet honnête homme de gérant contractât
un petit emprunt, car il ne pouvait décemment
demander son capital d'un ou plusieurs millions
sans bottes, sans chapeau et sans la moindre

apparence d'une chemise. — Il fallait de la représentation, que diable! il en fallait! — Et
puis les prospectus bleus, les affiches vertes,

les annonces destinées à chauffer le public exigeaient de l'argent. Le fondateur de la société en commandite se présentait chez notre banquier, et lui tenait à peu près ce langage :

— Monsieur, j'ai obtenu un brevet pour la fabrication des sucres d'orge en caoutchouc ; c'est une magnifique affaire. Elle a un but philanthropique qui ne vous échappera pas ; car le sucre fait mal aux dents des enfants, et il est essentiellement cher. Par notre invention, nous mettrons toutes les classes de la société en état de goûter les douceurs réservées jusqu'à ce jour aux classes riches, et de les goûter perpétuellement... nos bâtons de caoutchouc ne fondent pas ; ils resteront dans une famille, et se transmettront perpétuellement. Quant aux résultats financiers, quelle opération, je vous le demande, est susceptible de plus d'extension que le caoutchouc ? Voulez-vous être le banquier de notre société !

LE BANQUIER. — Monsieur, je suis toujours disposé à prêter l'appui de ma maison aux entreprises conçues dans un but utile et moral et conduites par des hommes aussi honorables que vous paraissez l'être. — Je crois parfaitement à la solidité de... vos nouveaux sucres d'orge, et je serai très-volontiers votre banquier aux conditions que voici :

— Je vous ferai une avance de 20,000 fr. pour les frais de lancement, et je recevrai, pour me couvrir de cette somme, une valeur de 50,000 fr. en actions.

LE GÉRANT. — Ça va! accepté.

LE BANQUIER. — Vous me donnerez à titre de gratification la moitié des actions que vous accorde l'acte de société en qualité de fondateur...

LE GÉRANT. — Comment! la moitié de mes 500,000 francs?

LE BANQUIER. — Farceur! la moitié de vos cinq cents morceaux de papier intitulés : *Action de mille francs.*

LE GÉRANT. — Oui, mais si nous les plaçons, cela ne sera pas moins 500,000 bons francs!

LE BANQUIER. — Sans doute! mais les placerez-vous, si vous n'avez ni bottes, ni chemise, ni banquier; si vous ne pouvez faire ni annonces, ni affiches, ni prospectus?

LE GÉRANT. — Diable! c'est dur. — Voyons, passons...

LE BANQUIER. — Les versements se feront chez moi, et les premières actions placées seront les miennes.

De plus, une prime de 10 pour 100 me sera allouée sur le placement général des actions.

LE GÉRANT, *effrayé.* — C'est sur ma part que vous prendrez encore ces 10 pour 100!

LE BANQUIER. — Eh! non, c'est sur le fonds social.

LE GÉRANT. — Ah! bien, très-bien!

LE BANQUIER. — Je demande aussi une épingle de dix mille francs après le placement de toutes les actions.

LE GÉRANT. — Sur ma part?

3

LE BANQUIER. — Non, non, toujours sur le fonds social.

LE GÉRANT. — Bien ! bien ! bien !

Le gérant recevait ainsi 20,000 fr., et s'empressait, toujours pour représenter dignement la société, de louer un magnifique appartement, de le meubler à crédit, d'acheter de même un

cheval ou deux et de prendre une ou deux

maîtresses. — Les annonces, les prospectus,

les affiches, tout marchait rondement, car les imprimeurs, les courtiers de publicité et les fournisseurs comptaient sur la caisse du banquier de la société.

Les actions s'enlevaient.

Mais les produits manufacturiers ne s'enlevaient pas; quelquefois même la fabrication n'était pas commencée, que déjà le capital social était absorbé, — par les frais de lancement,

— le prélèvement du gérant, — les remises, bonifications, primes, etc., accordées au banquier, — les appointements de l'état-major, — les achats de machines, — les constructions inutiles, — et les préparatifs faits sur une échelle toujours triple des besoins et des moyens.

Quant au banquier, il était en règle ; aussitôt les actions placées, il avait fait ses comptes et les avait présentés au directeur.

Doit *la Société des Sucres de caoutchouc à M ****. Avoir

Avances convenues.	20,000	Paiement de	
Moitié des actions attribuées au gérant.	250,000	mille actions de 1000 fr.	
10/00 sur le placement intégral des actions.	100,000	chacune	1,000,000
Pour prime ou épingle.	10,000		
Intérêt de 300,000 fr. avancés au gérant avant l'entier placement des actions, commission, etc., suivant le compte remis le... etc.	21,000		
	401,000		
Créditeur pour balance.	599,000		
Total.	1,000,000	Total.	1,000,000

Notez que ces 599,000 fr., après les avoir reçus en espèces sonnantes, il les avait versés par bribes, en billets à échoir et payables à

Pantin, — à La Villette, — à Mont-Rouge ; quelquefois même payables en province et à l'étranger.

Ainsi, outre le bénéfice réel de 181,000 fr. qu'il avait réalisé sur une misérable avance de 20,000 fr., il avait joui pendant plus ou moins de temps d'un capital flottant de 6 à 800,000 fr.

Sans compter qu'il n'avait pas manqué de vendre un certain nombre d'actions au-dessus du pair, sous prétexte de rareté.

Vous croyez les bénéfices de notre banquier finis là ? — Cette erreur atteste votre innocence ! Non, tout n'est pas dit encore. Aussitôt ses comptes réglés avec la société, notre homme écrit à tous ses correspondants et fait répéter par tout le monde qu'il n'a pris aucune part réelle à cette opération, mais qu'il regrette de lui avoir prêté le nom de sa maison. — Sa religion a été surprise ; il craint que l'affaire ne soit pas gérée avec toute l'économie, toute l'intelligence désirable, etc., etc.

Les souscripteurs d'actions s'effraient et se hâtent de lui adresser leurs titres, avec prière de les vendre au plus vite.

Bientôt la panique devient générale, tous écrivent de vendre à quelque prix que ce soit.

C'était là le moment attendu, la maturité de
l'actionnaire, l'heure de manger le melon.
Le banquier fait venir le gérant.

« Mon cher monsieur, lui dit-il, je ne voudrais rien faire qui vous fût nuisible; mais
voyez, voyez ces lettres, je suis forcé de jeter
demain sur la place 400,000 fr. de vos actions... J'ai des ordres précis de vendre,
voyez...

LE GÉRANT. — Fichtrrrre ! mon affaire est coulée si vous le faites !

LE BANQUIER. — Vous avez un moyen... remboursez.

LE GÉRANT. — Avec quoi ? — Vous m'avez donné 599,000 fr. ; sortons les 250,000 fr. qui me revenaient, il n'est resté à la société que 349,000 fr.

LE BANQUIER. — Parfaites la somme avec vos 250,000 fr., il restera toujours pour vous 149,000 fr. ; cela vaut mieux que rien. »

Le gérant, effrayé par l'imminence de la faillite et la possibilité d'un vilain procès, remboursait au pair ; le banquier accusait avoir vendu à 50 pour 100 de perte, et il réalisait encore 200,000 fr.

Le jour prédit par le bon sens arrivait, il fallait liquider. — Le gérant levait le pied et faisait un voyage d'agrément en Belgique, emportant avec lui les rêves des actionnaires, leur argent et *le secret du procédé*.

Il n'est pas besoin d'un grand nombre d'affaires de ce genre pour enrichir un homme; aussi le banquier floueur arrivait vite à la fortune.

Et lorsque le vent tourna contre les sociétés en commandite, notre homme n'opéra plus que derrière Macaire ou Wormspire, partageant avec eux les bénéfices, mais leur laissant la responsabilité une et indivisible.

Un banquier de cette classe a fait dernièrement un mariage dont on a beaucoup parlé, et qui méritait en effet les honneurs de la publicité.

Il avait demandé la main d'une fort belle et fort aimable personne dont le père était immensément riche. La demoiselle avait du goût pour un autre et de l'aversion pour le financier. Cependant celui-ci, ayant satisfait aux exigences du père sous le rapport de la fortune, allait toujours, se préparait au mariage, s'inquiétant fort peu des dispositions de la fille. La pauvre enfant n'avait encore vu le monde que par la fenêtre de son pensionnat, et jugeait du cœur de tous les hommes par le sien et celui de son cousin ; elle crut donc faire merveille en imaginant une ruse qui devait, selon ses petites idées d'honnête fille, réussir à coup sûr. Elle feignit d'avoir outre-passé les bornes d'un amour platonique, et s'accusa, l'innocente enfant, d'une faute qu'elle n'avait point commise.

Tout en confessant ce crime imaginaire, son bel œil noir suivait à la dérobée les mouvements physionomiques du prétendu, et cherchait

'expression d'horreur et d'indignation *atten-*

due... Elle ne rencontra que celle de la joie : son futur souriait et se frottait les mains. Pourquoi ? C'est qu'il trouvait dans cette confidence un bénéfice de cent mille francs.

En effet, le père, dupe du stratagème de sa fille, et fort heureux de la tolérance du prétendant, consentit à augmenter la dot d'une centaine de mille francs, ce qui, dans les idées des deux hommes d'affaires, établissait le compte ainsi :

De l'amour en plus   *De l'argent en plus*
d'un côté.   *de l'autre.*

Balance.

Anaïs (donnons un nom à cette jeune fille, cela sera plus commode pour le lecteur et pour nous) s'était trop avancée pour pouvoir reculer ; d'ailleurs, plus elle voyait son futur, plus elle aimait son cousin. Anaïs persista dans ses refus. Aux nouvelles instances de son prétendu, elle répondit par un aveu complémentaire du premier. « Monsieur, lui dit-elle, puisque vous m'y forcez par votre insistance, je dois tout confesser ; vous comprendrez enfin qu'une barrière infranchissable existe entre nous... Ma faute ne sera bientôt plus un mystère pour personne : je — vais — être — mère... » Cette

fois le banquier bondit sur sa chaise et se pré-
cipita dans le cabinet du beau-père.

La jeune imprudente riait et s'applaudis-
sait ; mais, hélas ! il reparut bientôt ; la dot
était doublée, et sa philosophie, grandie de
200,000 fr., était de taille à franchir toutes
les barrières : il fallut céder : la pauvre Anaïs
devint madame ***.

Qu'arriva-t-il de l'amoureux platonique ?
L'histoire ne le dit pas, il monta sans doute
au grade d'ami de la maison.

Quoi qu'il en soit, *** donne aujour-
d'hui des bals magnifiques dont Anaïs fait les

honneurs avec beaucoup de grâce. Dans les
embrasures des fenêtres vous entendriez bien
tout le monde rire un peu de l'amphitryon et
se conter à l'oreille l'histoire de son mariage,
mais bah !! — que lui importe ! il est posses-
seur d'une belle fortune et d'une jolie femme ;
il est membre de la Légion-d'Honneur, de la
chambre des députés et de toutes les commis
sions financières ; personne n'a le droit de dire
qu'il manque d'honneurs.

Le Faiseur.

Dans le temps de la commandite, — cet âge d'or de la flouerie, — le faiseur était le dieu, le sauveur de toutes les industries atteintes d'une maladie incurable.

Un commerçant était-il en danger imminent de faillite, il courait au faiseur et lui criait en tendant les bras :

Seigneur, je suis mort, sauvez-moi ! Le faiseur lui disait : *Levez-vous et marchez !* et le moderne Lazare marchait en effet... quelque temps.

Comment s'opérait ce miracle ? Oh ! mon Dieu ! tout simplement par la grâce du prospectus et la toute-puissance de l'annonce.

Le faiseur créait une société par actions, —
constituait Lazare gérant de l'entreprise, —
faisait des prospectus les plus ronflants possibles, promettait des dividendes fabuleux,
chauffait l'annonce, et tout était dit. — Il passait à une autre opération. — Souvent la troisième n'était pas lancée, que la première était
en déconfiture; mais cela ne le regardait pas,
il s'était défait des trente ou quarante mille
francs d'actions qu'il avait reçues pour sa
peine, et il laissait Lazare se débattre cette
fois dans son linceul comme il l'entendait.

C'est au faiseur que nous devons l'invention
des affiches monstres, des primes en loteries,
des bénéfices anticipés et de tous ces leurres
auxquels devaient nécessairement se prendre
et se prenaient en effet les badauds.

Ce fut lui qui imagina plus tard cette annonce
mirobolante :

*Le gérant prend formellement l'enga-
gement de rembourser dans un an toutes
les actions si leur valeur n'est pas quin-
tuplée.*

Le gérant! ce pauvre diable qui, pour quelques pièces de cent sous, accepta les fonctions
dangereuses d'administrateur comme il aurait

accepté celles de garçon de bureau! — ou

s bien ce malheureux industriel qui s'était accro-

ché aux branches de la commandite comme
un noyé s'accroche au plus mince roseau!

Ce fut un faiseur qui lança la fameuse affaire
du Physionotype, que le *Charivari* baptisa
du nom de Physiono-trappe.

Bien que depuis celle-ci une myriade de
floueries en action aient édifié Paris, rien encore
n'a fait oublier la Société-mère, la Société-mo-
dèle dont nous parlons.

Mais d'abord savez-vous ce qu'était le Physionotype? C'était un instrument nouveau et
fort ingénieux à l'aide duquel on prenait in-
stantanément l'empreinte de votre visage, sans
le barbouiller d'huile et sans le couvrir d'une
couche épaisse de plâtre comme on le ferait encore aujourd'hui s'il vous prenait fantaisie de
distribuer des fac-simile de votre masque. C'é-
tait un progrès; — la commandite est parve-
nue à le tuer.

Le fondateur de cette brillante exploitation
appela un capital de plusieurs centaines de
mille francs et loua un magnifique local dans le
quartier le plus beau et le plus cher (règle générale : un beau local est la première condition
pour obtenir un beau capital). Il céda ensuite,
moyennant quelques vingtaines de mille francs,

à des sociétés secondaires le droit de physiono-
typer les masques de tel ou tel département.
— Les actions se plaçant, les droits d'exploita-
tions secondaires s'achetant, l'opération obtint
bientôt le brillant succès que les gens sensés
avaient pressenti. Dès le premier jour..... le
fondateur mit la clef sous la porte.

L'actionnaire *bon garçon* dit : —Je suis fait,
n'en parlons plus. Et il usa de ses titres au premier besoin.... d'allumer son cigare.

Le *grognon* demanda des comptes. — On
lui fit des comptes d'apothicaire dans lesquels
l'annonce, l'affiche et le prospectus obligés
jouaient un si beau rôle qu'il dut s'estimer fort
heureux qu'on ne lui demandât pas une nouvelle mise de fonds.

4

Le *criard* s'enroua tout de suite et se tut.

M. *Gogo* voulut savoir pourquoi une affaire qui *lui* avait donné tant d'espérances filait un si vilain coton. — Il demanda comment le fonds de roulement se trouvait sitôt épuisé. — La réponse fut pleinement satisfaisante : — il était épuisé parce qu'il n'avait jamais existé.

— Mais, repartit M. Gogo, que sont devenus les fonds produits par le placement des actions ?

— Monsieur Gogo, répliqua le fondateur, votre question passe toutes les bornes! Vous n'avez donc pas lu l'acte de Société ?

— Ma foi! non.

— Eh bien! monsieur, lisez-le, et vous ne vous permettrez plus de vous immiscer dans les choses qui vous sont entièrement étrangères.

«Article **. Le capital social revient de droit et en totalité au fondateur, pour prix du brevet d'invention dont il cède la propriété à la Société.»

— Mais c'est monstrueux! vous avez acheté ce brevet de M. Sauvage pour mille francs, et vous le ven...

— Mille francs! dites-vous ? Apprenez, monsieur, que je l'ai payé 10,000 fr..... en actions..... On n'attaque pas l'honneur d'un homme avec cette légèreté.

M. Gogo fut conspué, — comme de coutume, et la société liquida. — C'est le terme consacré pour dire coula, se réduisit à l'état liquide de l'eau claire.

Cependant quelques mécontents parmi les actionnaires de province — ceux-là sont plus coriaces — menacèrent des *gens du roi*. Il fallut à tout prix les endormir. Les uns furent bercés de belles promesses, les autres reçurent quelque argent, et le plus grand nombre consentit à échanger ses actions du Physionotype contre celles de la *Société sanitaire* ou de toute autre entreprise donnant toujours *les plus belles espérances*.

Tout Paris connaît un faiseur dont la fortune s'éleva dans un an au chiffre de 600,000 fr., grâce à l'appui que prêtait aux sociétés en commandite un journal industriel qu'il avait créé dans ce but. Paris, qui l'a perdu de vue, le croit riche et retiré comme un honnête bourgeois. — Il est ruiné de fond en comble, et ruiné par une société en commandite.

A force de prédire aux niais des bénéfices inouïs, ce banquiste finit par y croire lui-même, et fonda pour son propre compte une affaire en participation dans laquelle il se risqua corps et biens. Il ne s'agissait de rien moins que d'exploiter un soi-disant duché de Normandie, de Navarre ou du Berry. — Il acheta une propriété d'un million, paya d'abord 600,000 fr. et s'engagea pour le reste ; puis il se mit à construire des usines, des fonderies, des moulins, des manufactures, etc., etc. — Le faiseur parisien se croyait le plus habile de France et de Navarre ; — il ignorait encore quelque chose : — c'est que le propriétaire campagnard peut toujours en revendre aux plus roués floueurs de la capitale.

En effet, les constructions achevées, la gêne commença ; et le paysan prit si bien son temps pour pousser son débiteur qu'il le culbuta, l'expropria, et se fit adjuger pour les 400,000 fr. non payés la propriété sur laquelle il avait déjà reçu 600,000 fr. et dont la valeur était augmentée par 800,000 fr. de bâtiments.

Humilions-nous, mes frères, devant cette vérité de l'Évangile :

Celui qui se sert de l'épée périra par l'épée.

Le Publiciste.

Pierre soutient, cette année, une thèse contraire à celle qu'il soutenait l'an passé. — Paul passe brusquement d'un journal radical dans les rangs ministériels. — Jacques ne déserte pas tout seul, il entraîne sa compagnie et livre son drapeau ; c'est-à-dire qu'il change son journal du blanc au noir sans changer ses rédacteurs. Pierre, Paul et Jacques sont assurément des floueurs, mais des floueurs communs, des types sans originalité, dont nous ne nous occuperons pas ; nous parlerons seulement du floueur économiste.

L'économiste est en général un ancien élève de Fourier ou du père Enfantin, qui a jeté aux orties sa robe modeste de disciple et s'est un jour délivré à lui-même le brevet de docteur ès-économie politique.

S'élabore-t-il un projet de loi sur un emprunt, sur les chemins de fer, sur les canaux, sur les douanes et les tarifs, la troisième page de certains grands journaux se couvre d'une énorme tartine plus ou moins feuilletée, que l'auteur intitule : *Examen du projet de loi.* C'est une sorte de plumpuding littéraire, un mélange de sucre et de sel sur lequel se précipitent les intéressés.

Personne n'est satisfait, — personne n'est mécontent. L'auteur ne s'est pas encore prononcé sur l'opportunité de la loi, sur le mérite des compagnies rivales ou le danger dont l'industrie est menacée : cet examen est renvoyé aux prochains numéros.

Aussitôt pleuvent chez le rédacteur en question les invitations à dîner, les lettres de recommandation, les cartes de visite, etc., etc. Un rat de l'Académie royale de Musique lui écrit :

« Mon chair Barnabé,

» Nez rinté pa le projai danprun, je vousan pri, vou me ferié le plu gran tore, kar mon ban qué an ait sou missionnaire. Je conte sur votre amitié come vous pouvé conté sure la miéne.   » EUPHRASIE. »

Un grand seigneur lui adresse le billet suivant :

» Le comte de *** prie le savant économiste, monsieur Michel, de vouloir bien lui faire l'honneur d'accepter son invitation à dîner ; il se trouvera en compagnie de plusieurs notabilités de la chambre qui désirent causer avec lui de l'importante question des sucres, sur laquelle il peut jeter tant de lumières,

                              » Son très-affectionné. »

Mais les recommandations, les invitations, toutes les vaines politesses échouent contre les principes rigoureux du publiciste.

Le second article paraît, l'examen annoncé commence, et tout le monde remarque qu'il froisse les intérêts des plus grandes compagnies, des plus riches capitalistes, et vient en aide aux plus pauvres.

Le ministère n'y comprend rien, il a payé Michel pour soutenir le projet... Mais, en revanche, les capitalistes comprennent, et ils payent Michel.

Deux jours après, Michel s'écrie dans son troisième article : « Certes ! on ne nous accu-
» sera pas de dissimuler une partie des motifs
» avancés contre le ministère et contre les
» grandes compagnies, nous les avons tous dé-
» duits avec autant de chaleur que pourraient
» le faire les intéressés eux-mêmes : nous al-
» lons facilement prouver le peu de solidité de
» cette argumentation, et établir que le mi-
» nistère manquerait à ses devoirs s'il n'ac-
» cordait pas la préférence aux riches capi-
» talistes ... »

La conversion est complète ; Michel gagne noblement son argent, et l'abonné n'a pas cessé de trouver son journal parfaitement indépendant, juste et logique.

Direz-vous que la flouerie n'excelle pas ?

Par imitation de l'économiste opérant en grand, nous avons les journaux industriels, qui travaillent en petit sur les compagnies d'assurances, les tontines, les banques commanditées, etc. Celui-ci prône les assurances à primes, celui-là soutient les assurances mutuelles, et tous deux puisent leurs raisons dans le principe même de la société qu'ils défendent : tous deux reçoivent une subvention, l'un à titre de prime annuelle, l'autre à titre d'appui mutuel.

Plus bas, dans la boue du journalisme, se trouvent les trafiquants d'ignominie, ces journaux, heureusement ignorés et peu nombreux, qui rançonnent les gérants des sociétés commerciales, les volent à main armée et à l'aide de violence morale en les menaçant d'articles diffamatoires.

C'est encore dans cette hideuse catégorie que se place le journaliste mendiant, dont la feuille compte trente ans d'existence, vingt-quatre abonnés, et emploie—bon an, mal an—une rame ou deux de papier. Le pauvre homme ! direz-

vous... — Le pauvre homme a gagné quarante
mille livres de rente à son petit métier. Quarante mille livres de rente à demander l'aumône ! Il est vrai qu'il la demande l'escopette
au poing , sur ce chemin de la gloire où la va-

nité et la misère poussent tant de malheureux
artistes. N'eût-il reçu qu'un maravédis de
chacun des acteurs qu'il a dû voir débuter
pendant ces trente années , sa fortune pourrait
être assez ronde ; mais un mendiant de qualité
ne se contente pas d'une obole. Vous en pourrez juger par quelques anecdotes.

LES OEUFS DE LA MÈRE DESBROSSES.

Madame Desbrosses allait quitter le théâtre
de l'Opéra-Comique, sur lequel elle avait joué
bien long-temps. Une représentation d'adieux,
une représentation à bénéfice, était annoncée,
et la bénéficiaire n'avait pas encore rendu au
journaliste en question la visite qu'il attendait
de tous ses tributaires ; elle n'avait pas payé
par anticipation la dîme du pauvre, qu'il pré-
levait sur les recettes extraordinaires.

— C'est singulier! disait-il, Desbrosses n'est
pas venue... Je vais la travailler dans le numéro
de demain.... — Et il écrivait :

« Madame Desbrosses quitte enfin le théâ-
» tre.... Bonheur !

» L'Opéra-Comique donne ce soir une repré-
»sentation au bénéfice de la Desbrosses... Four
» complet. »

Ce style vous étonne. C'était pourtant là
toutes les ressources de notre Quinola ; c'était
là ces méchancetés qui faisaient trembler le
monde dramatique. Vraiment, cela fait souvenir de ce fameux bandit qui arrêtait les dili-
gences avec un fusil de bois, n'ayant pour com-
plices que d'inoffensifs mannequins.

Le journaliste en était au *four complet*, lorsqu'on lui remit de la part de madame Desbrosses un panier cacheté ; sa plume se releva.

— A la bonne heure. Jeanneton ! ouvrez ce panier, et dites-moi ce qu'il contient.

Jeanneton obéit, et montre aux regards étonnés de son maître... des œufs !

— Des œufs ! des œufs !! Ah ! Desbrosses, tu te fiches de moi parce que tu vas quitter le théâtre : attends ! attends ! et il se remet à écrire.

« La vieille Desbrosses, cette pitoyable » chanteuse.... »

— Monsieur ! monsieur ! il y a sous les œufs

un beau service de coquetiers en argent.
— Que diable ! aussi, je disais : Elle est
donc folle ?.... Allons, allons, *soignons-la*,
cette chère amie.

« Madame Desbrosses, cette piquante ac-
» trice, toujours jeune, toujours jolie, toujours
» adorée du public, quitte la scène..... Dé-
» sespoir.

» L'Opéra-Comique donne ce soir une re-
» présentation au bénéfice de madame Desbros-
» ses..... Queue d'une lieue. »

LES BONS COMPTES FONT LES BONS AMIS.

Le critique susdit (nous l'appelons critique
pour ne pas répéter trop souvent le titre de
notre physiologie) recevait de Nourrit une
subvention de 2,000 fr. ; car Nourrit lui-même
n'avait pas osé s'affranchir de ce honteux im-
pôt. Duprez, venant remplir les mêmes rôles,
crut devoir accepter les mêmes charges ; mais,
soit qu'il ignorât le chiffre du tribut payé par
son devancier, soit qu'il le trouvât trop lourd,
dans la visite qu'il rendit au journaliste, il ne
lui offrit qu'un billet de mille francs.

En homme de goût, Duprez avait placé son
billet sur le coin de la cheminée et sous le
chandelier, comme on fait pour toute somme

qui ne peut être ni donnée ni acceptée sans rougir. Comme on fait aussi pour une aumône.

Le *critique* alla droit au chandelier, le souleva ostensiblement, déplia le billet, et, le trouvant seul, le rendit effrontément à l'artiste en disant :

— Monsieur Duprez, je ne puis accepter mille francs, j'y perdrais trop.

— Et moi aussi, répliqua Duprez, saluant son interlocuteur et remettant le billet dans sa poche.

Cette réponse a fait, comme on le pense, le plus grand tort à Duprez... dans le journal en question ; mais elle a établi dans le monde sa réputation d'esprit et de bon sens.

Le Savant

Le corps savant se divise en deux classes :
Les savants *pour de rire,*
Et les savants *pour de vrai.*
Ces derniers sont ceux dont nous n'avons pas à nous occuper. Passons.

Quoi ! dans le corps savant lui-même, on compterait des floueurs ?

— Non, on ne les compte plus, mais on compte ceux qui ne le sont pas ; c'est plus tôt fait.

Les savants *pour de rire* sont d'abord (à peu d'exceptions près) les professeurs titulaires de langues archi-mortes, comme :

— Les commentateurs des poètes et historiens de l'antiquité la plus fabuleuse ;

— Les traducteurs de chinois, de mantchou, d'hindoustanien, d'arménien,

Et autres langues que tout le monde ignore aussi bien qu'eux ;

— Les archéologues payés pour déchiffrer les inscriptions indéchiffrables, pour inventorier, et, au besoin, inventer les monuments phéniciens, druidiques et autres ;

— Enfin, certains chargés de missions, — certains conservateurs de médailles et bibliothèques, et cette foule de savants dont tous les titres se composent de la réimpression d'un livre peu connu, de la traduction d'une vieille chronique ou d'un manuscrit volé à quelque trépassé.

Dans l'impossibilité de passer une aussi grande revue sur la petite place qui nous est réservée, nous vous présenterons seulement quelques moustaches de l'armée scientifique et vous dirons leurs plus brillants faits d'armes.

Par forme d'introduction, permettez-nous de vous narrer une petite histoire rétrospective qui se lie intimement au sujet dont nous nous occupons.

Vers le commencement de la restauration, un médecin déterra par hasard, dans la poussière des manuscrits oubliés à la Bibliothèque royale, une grammaire chinoise; il était homme d'esprit et devina tout de suite le parti qu'il pouvait tirer de cette découverte. L'exemplaire de la Bibliothèque royale était le seul qui existât en Europe, peut-être était-il le seul qui fût au monde : le docteur le copia, le fit imprimer et le produisit comme sien. Ce livre fit sensation; — il fit plus, il fit nommer le docteur conservateur des manuscrits chinois de la Bibliothèque royale — qui ne possédait pas de manuscrits chinois. Tout allait pour le mieux dans la meilleure des places possibles; le médecin, à force de lire *sa* grammaire, devenait tous les jours de moins en moins médecin et de plus en plus chinois; personne, lui seul excepté, ne doutait de sa science, — lorsque trois satanés marchands de thé de Canton, trois méchants *Pékins*, conçurent l'idée infernale de visiter l'Europe ! On ne descend pas de

l'empire céleste sur cette partie du globe sans
venir se promener en France, sans venir voir
les merveilles et curiosités de Paris, et la première merveille qu'on dut montrer à des Chinois était sans contredit le savant sinologue
qui avait réinventé la langue de Confucius.

Le cornac des trois magots n'eut donc rien

de plus pressé que de les conduire auprès du
conservateur des manuscrits chinois. Il était en

ce moment occupé à traduire, pour l'Académie des belles-lettres, une inscription trou-
vée sur un bâton d'encre de Chine.

— Monsieur, lui dit le cornac, voici trois
cousins-germains du céleste empereur Fa-Fe-
Fi-Fo-Fu, qui seront flattés de trouver un
homme capable de les entendre.

— Fort bien, répondit le savant. Et il se

mit à parler de la façon la plus chinoise du
monde.

Les trois voyageurs ouvraient de grands yeux, s'entre-regardaient, regardaient le savant et ne répondaient pas.

Le savant eut besoin de se moucher, et les Chinois saisirent cette occasion de glisser quelques mots ; à son tour le savant les écouta sans répondre, mais en clignant les yeux comme un homme qui n'est pas dupe d'une malice. Puis, se tournant vers le cornac, il lui dit avec gravité : — Ces hommes ne connaissent pas la langue chinoise, ils ne me comprennent pas. Et il se remit tranquillement à traduire son inscription.

Échappé à ce danger, notre conservateur croyait sa réputation à l'abri de nouvelles atteintes. Hélas ! tout n'est qu'heur et malheur en ce monde ; les Anglais trouvèrent dans l'Inde un second exemplaire de la grammaire chinoise du père Prémare, l'imprimèrent sous le nom du véritable auteur, et il fut démontré par A plus B qu'elle avait été littéralement copiée par le moderne savant.

Néanmoins, la science est redevable à cet infortuné conservateur de l'impulsion donnée chez nous à l'étude de la langue chinoise, pour laquelle le gouvernement avait judicieusement fondé une chaire. Le professeur a fait un élève ; et cet élève, qui fut long-temps un des beaux sapeurs de la garde nationale, fait aujourd'hui le plus grand honneur à son maître, auquel il a succédé dans sa chaire.

Mais n'allez pas juger de tous les cours de langues orientales par celui-ci ! Tous ne sont pas aussi suivis ; l'*hindoustanie*, par exemple, se prêche dans le désert, ainsi que l'ancien persan et le turc d'autrefois. Seul entre tous, le professeur d'*arménien* est parvenu à se composer un auditoire en la personne de

son vieux domestique presque idiot et tout à fait sourd.

Il n'est question, vous l'entendez bien, que des langues éteintes; quant au persan, au turc et à l'arménien actuels, c'est-à-dire aux langues dont on a besoin, elles ne font pas partie de la science, les savants les méprisent et flétrissent du nom d'interprètes ceux qui ont la petitesse de les enseigner.

La position d'orientaliste est fort douce, très-lucrative, et par conséquent extrêmement enviée. Dire toutes les petites ruses qu'on emploie pour y arriver, tous les efforts que l'on fait pour s'y maintenir, serait difficile, parce qu'ils varient suivant les temps, les hommes et les nécessités du moment.

Nous ne citerons qu'un fait. — *Ab uno disce omnes.*

Un orientaliste, professeur d'une chaire, en convoitait une autre, car les chaires d'orienta-listes peuvent se cumuler sans inconvénient, — il est tout aussi facile de ne pas faire deux cours que de n'en pas faire un. — La chaire con-voitée allait devenir vacante par la mort du titu-laire — du moins on l'espérait — et chacun dres-sait à l'avance ses échelles d'escalade. Un jeune homme, qui avait pris au sérieux le métier de savant, traduisait et apprenait *pour de vrai :*

cela dit assez qu'il était un peu simple d'esprit ; mais ce qui le prouve irrévocablement, c'est qu'il alla consulter l'orientaliste dont nous parlons, le pria d'appuyer sa demande et de lui indiquer le moyen d'arriver. — Vous savez, lui dit-il, que j'ai beaucoup travaillé et que j'ai quelques droits à remplacer M. *** SI NOUS AVONS LE MALHEUR DE LE PERDRE.

— Sans doute, lui répondit le savant, mais *** est moins malade qu'on ne dit, et vous avez le temps de vous préparer. Si vous voulez m'en croire, vous traduirez telle chronique ; c'est un magnifique ouvrage, parfaitement inconnu, et ce travail rendra vos droits incontestables.

— Merci, repartit le jeune homme. Et il se mit au travail.

La besogne était rude, elle dura HUIT ANS. Quand elle fut faite, l'innocent la présenta au vieux renard qui s'était emparé de la place pendant que son compétiteur piochait à coups de dictionnaire. — C'est bien, très-bien ! lui dit le professeur, personne ne peut plus vous disputer la chaire d'hébreu, vous l'aurez sûrement.... à ma mort.

Une chaire d'orientaliste vaut cinq mille francs, c'est un prix fait comme celui des petits

pâtés. Deux chaires représentent donc un assez
joli revenu ; mais nous connaissons un savant envers qui la patrie est bien plus juste encore.

À titre de professeur au collége de France,

De directeur des archives,

De membre de l'Institut,

De membre de telle et telle commission ;

Il touche 25,000 francs par an.

25,000 fr. de traitement ! c'est le trône de
la science.

Il est vrai que cet homme illustre a fait de
grandes choses et un gros volume in-quarto,
imprimé par l'Imprimerie royale, lequel volume a pour but d'établir d'une manière assez
positive que la statue de Memnon n'a jamais

parlé, ainsi que le prétendent les anciens historiens.

A propos de l'Imprimerie royale, il se prati-
que une petite.... chose, qu'il est bon d'ap-
prendre au public.

Une commission est appelée à décider quels
ouvrages sont dignes par leur importance ou
leur utilité d'être imprimés aux frais de l'État.
Cela est juste! et comme les membres de cette
commission sont tous des savants distingués,
des orientalistes, des conservateurs de n'importe quoi, il est encore parfaitement juste
qu'ils décrètent l'impression de leurs propres
ouvrages. De plus, il est de toute justice que
l'auteur reçoive 500 exemplaires du livre dont
il a généreusement accordé l'impression au gouvernement ; — et comme ce livre est presque
toujours impayable, — par conséquent inven-
dable — le savant fait hommage d'un exemplaire à chaque potentat de l'Europe , qui re-
connaît cette galanterie par des croix, des pen-
sions, des tabatières, etc., etc.

Il nous resterait à parler :

Des examinateurs de livres classiques, qui
approuvent leurs propres ouvrages et se font
ainsi des revenus princiers ;

Des savants envoyés en mission par le ministère de l'instruction publique, et promenant aux
frais de l'État leur famille tout entière en
Suisse, en Italie, en Grèce, etc., etc.;

De ceux qui ajoutent à leur mission scientifique les bénéfices d'une mission moins honora-
ble dont les honoraires sont pris sur la caisse
des fonds secrets,

et de bien d'autres savants sur le compte desquels nous nous proposons de revenir dans u[n]
ouvrage *ad hoc.*

Le Commerçant.

Nous serons obligé d'écourter ce chapitre,
qui demanderait à lui seul plus des cent vingt-
huit pages que l'éditeur met à notre disposition ;
attendu que chaque industrie, chaque profession
compte ses floueurs et fournit des genres particuliers de flouerie. Depuis le marchand de
cannes de jonc, qui vend des bâtons de sapin
recouverts d'une écorce de roseau ;

Le marchand de bijoux à 29 sous, contrôlés
par la Monnaie, qui vend des bagues remplies
de plomb ;

La laitière qui vend du lait d'amidon ;

L'épicier qui débite du sel mêlé de craie
blanche et du sucre mêlé de farine ;

Jusqu'au manufacturier qui exporte des draps et des étoffes à fausses mesures, tout le corps des marchands, fabricants et négociants est infecté de voleries. Cela dit d'une façon générale, mais non absolue, nous esquisserons quelques-uns des caractères saillants de cette classe.

LA VENTE D'UN FONDS.

Un homme a-t-il échoué dans les affaires, il vend son fonds le mieux qu'il peut, — ce qui veut dire le plus cher possible.

S'il a réussi, s'il s'est enrichi, — il le vend excessivement cher.

D'où il résulte que, parmi tous les moyens de se ruiner, un des plus sûrs, c'est d'acheter un mauvais fonds ; le plus certain, c'est d'en acheter un bon.

C'est pourquoi l'homme intelligent aime mieux le créer.

On ne trouve pas toujours un acquéreur solvable ; dans ce cas, nous recommandons comme spécimen la flouerie suivante :

M*** était libraire depuis vingt ans ; le plus clair de sa fortune consistait en deux beaux enfants, un garçon et une fille, qu'il avait assez bien élevés, mais qu'il fallait à présent marier. M*** cherche un gendre, et rencontre un jeune homme de bonne famille qui s'éprend de mademoiselle ***.

— Je donne à ma fille, dit le libraire, le quart de ma maison, à la condition que vous apporterez une somme représentant la même valeur, moyennant quoi vous serez associé avec moi par moitié : mon fonds vaut 400,000 fr.

C'est donc 100,000 fr. que vous apporte ma fille.

Donnez-moi 100,000 fr., et vous partagerez les bénéfices avec moi.

Le gendre, trop amoureux de la fille pour suspecter la bonne foi du beau-père, lui donne 100,000 fr.

Au bout d'un an, le digne homme agit de même en mariant son fils : il lui cède l'autre moitié, reçoit de sa bru 100,000 fr., et se retire avec une petite fortune de dix mille livres de rentes.

Or, son fonds ne valait que 200,000 fr. : —
il les a retirés, s'est débarrassé du fardeau des
échéances, a marié ses enfants, et s'est honnêtement retiré du commerce.

Quelquefois il lui arrive de penser à sa petite
flouerie, mais il s'étourdit par ce raisonnement : — Je n'emporterai pas mon argent ; il
leur reviendra toujours ; NE SONT-ILS PAS MES
ENFANTS ?

L'Exportation.

Tout est bon pour l'exportation : l'étranger achète de confiance, — et lorsqu'il reconnaîtra que mes draps sont *faux teint*, que mes indiennes sont *fausses mesures*, — que mon orfévrerie n'est pas au titre, que ma soie est mélangée de coton, j'aurai reçu son argent et me moquerai de lui. Tel est le raisonnement de la flouerie manufacturière, pour qui l'exportation n'est rien autre chose que le moyen d'écouler ses marchandises vieilles, laides et défectueuses. Mais le fabricant floueur se trompe ; l'exportation est encore bonne à quelque chose, elle sert parfois à flouer le fabricant lui-même.

Exemple :

M. Benoît jouit à Paris d'une bonne réputation, sa maison de commission est sinon respec-
table, du moins respectée ; il a *toujours fait
honneur à ses engagements.* Notez bien ceci ;
car c'est le grand cheval de bataille d'une foule
de coquins, et cela me fait souvenir d'un ancien
charcutier de la rue Saint Jacques qui avait
assassiné sa femme. — Aux débats, alors que

tout venait confirmer les charges de l'accusation, l'assassin interpelait chaque témoin et lui disait : N'ai-je pas toujours fait honneur à ma signature ? — Oui, disait celui-ci. — Hé bien ! monsieur le président, vous le voyez, j'ai toujours fait honneur à ma signature ; et vous voulez que j'aie assassiné ma femme ?

M. Benoît, disions-nous, *a toujours fait honneur à ses engagements*, le monde n'en demande pas davantage ; mais je vais vous dire, moi, par quels moyens M. Benoît conserve son crédit.

De temps en temps il fait une affaire d'exportation, caché derrière un prête-nom, un homme de paille, autrement dit un gérant responsable.

Ce gérant, il le choisit jeune, ambitieux et inexpérimenté. De préférence il le prend dans la classe des commis de grande maison ou des hommes qui ont de bonne heure échoué dans le commerce.

« — Mon garçon, lui dit-il, vous végétez à » Paris ; voulez-vous tenter la fortune ? Je vais » vous aider à composer une belle cargaison et » vous envoyer aux Antilles. »

Quel est le pauvre diable qui ne change pas

volontiers un présent besogneux contre l'avenir
pailleté d'un voyage en Amérique ?

Le marché se conclut et l'opération commence.

« Voici la liste des articles recherchés dans les

» colonies; courez Paris, visitez toutes vos con-

» naissances et obtenez le plus de marchandises
» possible aux meilleures conditions et aux plus
» longs termes que vous pourrez ; ces marchan-
» dises seront consignées chez moi, et je vous
» donnerai 30 p. 100 comptant sur le montant
» des factures. »

Le jeune pacotilleur fait feu des quatre pieds,
se recommande de M. Benoît, par qui, dit-il, il
est commandité. M. Benoît ne garantit rien, il
ne prend pas d'engagements; mais il répond
aux questions des fournisseurs que le jeune
homme est parfaitement honnête et qu'il a toute
sa confiance.

Sur de tels renseignements, les marchandises
sont livrées, le pacotilleur fait aux fabricants des
billets à un an de date, et les caisses et ballots
sont consignés par lui chez M. Benoît ; les 30
p. 100 servent à payer ses vieilles dettes et à
festoyer largement tous ses amis d'estaminet.
Cela va bien !

Voici la cargaison prête ; le consignataire dit
au jeune homme : « — J'ai reçu pour 200,000
» fr. de marchandises, je vous ai donné 60,000
» fr. ; vous allez suivre l'expédition et surveiller
» la vente de *notre* pacotille ; vous partirez par

» la *Belle-Caroline*, à bord de laquelle je con-
» signe les caisses. Arrivé à la Martinique, le
» capitaine opérera la vente que vous surveille-
» rez, il me rapportera les fonds, et nous régle-
» rons nos comptes. »

Les choses se passent ainsi. Le navire arrive ;
mais les colons, sachant que le vaisseau ne peut
pas faire un long séjour, ne poussent pas les enchères ; la vente ne produit que 50 ou 60 p. 100
du montant des factures, soit 100 — ou 120,000
francs.

Or, après le prélèvement des 60,000 francs avancés, de l'intérêt de cet argent, d'une prime de 12 p. 100 convenue, des frais de port, consignation, etc., etc., il ne reste rien au pacotilleur, pour payer ses 200,000 francs de billets, rien que la ressource d'une faillite,

Quant à M. Benoît, il continue son commerce, et *fait toujours honneur à ses engagements.*

LE TAILLEUR DES FILS DE FAMILLE.

La flouerie que nous venons d'indiquer est le recélé sous forme de consignation. — Voici le recélé pur et réduit à des proportions qui, pour être plus mesquines, n'en font pas moins la fortune de quelques floueurs d'un rang secondaire.

Près la place de la Bourse, au premier étage d'une grande et belle maison, loge un tailleur bien connu.

Il n'a pas d'atelier, n'occupe pas un seul ouvrier en ville; et cependant ses magasins sont encombrés d'habits tout neufs qu'il vend à moitié des prix ordinaires.

Ce tailleur peut défier Humann, Berchut, Barde et Buisson de confectionner mieux que ce qu'il offre à ses pratiques; et cela est croyable, car tout ce qu'il possède vient précisément de chez Humann, Berchut, Barde, Buisson et autres tailleurs à la mode.

Vous ne comprenez pas? Oh! mon Dieu! c'est cependant bien simple.

Quand un fils de famille a épuisé la bonne volonté paternelle, quand il a usé et abusé de la liberté des lettres de change, quand il n'a plus la confiance de son carrossier, quand l'usurier lui-même devient pour lui intraitable, il est encore un crédit qui lui demeure ouvert, un homme qui lui reste fidèle... Cet homme c'est son tailleur.

Dans la circonstance susdite, le fils de famille commande un ou plusieurs habillements complets : habits de chasse, habits de ville, habits habillés. — Humann les fournit, et le tailleur de la place de la Bourse les reçoit immédiatement sous bonification de 75 pour 100 de remise sur le mémoire de Humann.

Ce jeu-là conduit un jour le fils de famille à Clichy, — quelquefois à la septième chambre. Dans ce cas, c'est l'affaire des huissiers et des uges correctionnels. Mais s'il va jusqu'à la cour d'assises, il y rencontrera un juge à cheval sur la probité, un juré qui le condamnera sans circonstances atténuantes : ce juré, c'est le tailleur de la place de la Bourse.

LES ÉTUDIANTS DE LA CAVERNE.

Dans le quartier des écoles, existe un estaminet connu sous le nom de *la Caverne*; c'est le point de réunion de tous les étudiants hors d'âge, de tous les fruits secs du droit et de la médecine. Là, se rencontrent ces élèves qui mangent leur patrimoine par anticipation, et ceux qui, l'ayant dévoré, satisfont encore leurs appétits de dépenses à l'aide de tours d'écoliers que le Co le pénal qualifie vols et escroqueries.

Entrez dans la Caverne à toute heure du jour, vous y verrez pratiquer sur une grande échelle ce précepte évangélique : *Donnez à boire à ceux qui ont soif.* — La bière, le punch et l'eau-de-vie coulent sans interruption ;

boit qui veut : ami, étranger, inconnu, tout le monde. — Qui paie donc ? — le commerce, en général, et particulièrement le commerce d'édition.

Du reste, vous allez en juger ; voici un com-
mis-libraire qui entre ; écoutez :

(Il saisit le premier verre venu, boit, et s'é-
crie :) — Quel est celui qui n'a pas encore *fait*
un classique latin ?...

— Moi ! répond un joueur de piquet.

— J'en ai besoin tout de suite.

— On y va ! après la partie.

Le commis boit encore, et part en disant
qu'il va revenir. Un autre commis lui succède,
boit, demande un autre ouvrage, et, sur la
même réponse faite par une autre voix, il boit
de nouveau et part.

Bientôt les joueurs, sans quitter la table,

écrivent, l'un à M. Panckouke, l'autre à
MM. Paulin et Dubochet, ou à toute autre vic-
time, une lettre dont voici la substance.

« Monsieur,

» J'ai reçu de mes parents l'argent nécessaire
à l'achat des classiques latins; mais le carnaval
m'ayant entraîné à quelques dépenses extra-
légales, je me trouve un peu à court aujour-
d'hui, et cependant je voudrais bien posséder
cet ouvrage, dont j'ai besoin pour mes études.
Si vous consentiez, monsieur, à me le vendre
payable par tempérament de vingt-cinq francs
tous les mois, ou contre un billet à terme rai-
sonnable, vous obligeriez infiniment votre très-
humble serviteur,

» ***

» Fils de M***, médecin à ***,
étudiant, rue ***. »

Vous devinez le reste : M. Panckouke est
volé; son livre est donné pour le dixième de sa
valeur, et, quand il se décidera à poursuivre
le prétendu étudiant, il n'aura devant lui qu'un
pilier d'estaminet criblé de dettes, et ne possé-
dant pour tout meuble que sa pipe culottée
et des tessons de bouteille.

7

L'Actionnaire.

Oui, monsieur l'actionnaire, nous vous donnons une place dans la *Physiologie du floueur*.
— Ne vous plaignez pas, vous serez certes
en belle compagnie ! Voyez : des princes,
des ministres, des diplomates, des députés, de hauts fonctionnaires, des négociants
estimés, des publicistes en renom, des banquiers ; et si nous ne vous présentons pas les
agents de change, les notaires, les avoués, une
partie du barreau et de la magistrature, c'est
que notre local in-32 ne peut contenir toutes
les notabilités de la flouerie parisienne.

Vous avez long-temps joué le rôle de dupe ; et comme à ce jeu l'on finit souvent par devenir autre chose, vous êtes devenu, sinon malin, du moins malicieux.

Les gérants vous volaient à l'aide de promesses dorées, vous les dépouillez à votre tour à l'aide de menaces correctionnelles.

Cela est peu moral, mais cela est parfaitement naturel.

Malheur vraiment au directeur d'une société en commandite dont la gestion prête un peu le flanc à la critique de M. le procureur du roi ! L'actionnaire saura mettre la terreur à profit pour se faire rembourser ses actions au pair, s'il les a achetées à 50 pour 100 de leur valeur nominale ; — au double, s'il les a achetées au pair.

Il avait l'étoffe d'un actionnaire, ce brave marchand dont les journaux parlaient ces jours derniers, qui, ayant surpris un commis dérobant une aune de calicot, lui fit souscrire plusieurs billets de mille francs, en le menaçant du commissaire de police.

M. de L....., engagé dans une affaire qu'il avait crue excellente et qui tournait mal, voulut, pour sauver l'honneur de son nom, rembourser intégralement tous ses actionnaires : il pensait être accueilli par des témoignages de reconnaissance. Personne ne voulut du remboursement au pair ; tout le monde demanda, qui moitié, qui un tiers en sus de la somme versée. Ses amis — seuls — se contentèrent de 125 pour 100. — Ce fait s'est représenté dans toutes les occasions du même genre.

Une affaire est-elle bonne, vous allez croire l'actionnaire satisfait? Allons donc ! Il a acheté son action 1,000 francs, elle a produit un dividende de cent pour cent, — sa valeur décuple, elle se cote à la Bourse 10,000 francs. — Le dividende néanmoins reste à 1,000 francs, et l'actionnaire reçoit toujours cent pour cent de son versement. Mais il part de la valeur actuelle de son titre et dit : mon action vaut 10,000 francs, je ne reçois que 10 pour 100 de mon argent. Je suis volé !

Dernièrement, dans un procès dirigé contre un gérant, les actionnaires disaient : — A telle époque, vous nous avez distribué un dividende supposé, — ce dividende avait été pris par vous sur le fonds social. Vous devez nous le rendre. — Mais, répliquait le malheureux, si j'ai eu tort de le prendre sur le fonds social, vous ne l'avez pas moins reçu et gardé. — C'est vrai, mais vous n'aviez pas le droit de nous le donner, — vous devez nous le rendre.

Au reste, quiconque observe un peu, avait jugé l'actionnaire bien avant la réaction opérée contre les gérants.

Une opération sage, basée sur des principes vrais et dirigée par un galant homme qui ne promettait que des gains raisonnables, ne pouvait parvenir à réaliser le quart de son capital; tandis qu'une entreprise folle, conduite par un sauteur, connu pour tel, mais annonçant des bénéfices hors de toute probabilité, trouvait à l'instant même tout l'argent qu'elle demandait. Qu'en fallait-il conclure, si ce n'est que le succès des voleurs n'était dû qu'à l'ardente cupidité des volés? Il se passait, en effet, dans les régions de la grande et de la petite propriété, précisément ce que nous fait voir le vol à l'*américaine* dans les derniers rangs de la population. Un garçon de caisse, un paysan porteur d'un sac d'argent, un pauvre diable qui vient de toucher une somme à la Banque est abordé par un prétendu Américain qui baragouine le français et demande la direction du Musée, du Palais-Royal ou de tout autre lieu : il craint, dit-

il, de s'égarer et il offre au porteur de sacoche
une guinée s'il veut bien le conduire. Celui-ci se
détourne aussitôt de son chemin pour gagner la
pièce d'or. L'*Américain* paraît ignorer la valeur respective des guinées et des écus de cinq
francs ; il voudrait changer la monnaie de son
pays et il manifeste l'intention de la troquer
contre un nombre égal de *belles pièees blan-
ches*. C'est un coup de fortune, pense le ni-
gaud, je vais voler ce noble étranger ; et il se
hâte d'échanger son sac pour des rouleaux d'or.

L'*Américain* disparaît et le jobard reste. —
Il a reçu et accepté des cailloux enveloppés,
des ardoises en rouleau, des lingots de plomb ou
toute autre monnaie équivalente. Alors le désir
de la vengeance se réveille dans son cœur ; il
crie, il maudit les voleurs, dépose sa plainte et
court toute la ville pour retrouver le scélérat qui
a abusé de sa *bonne foi*. S'il le rencontre, il
le traîne en justice et le fait condamner—pour
l'exemple.

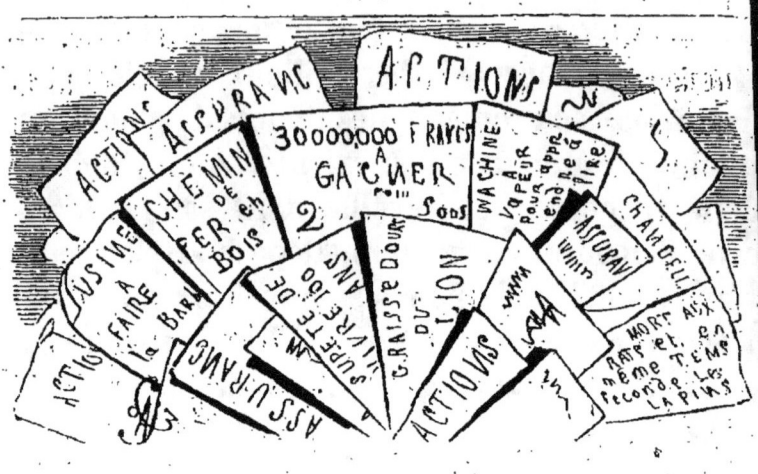

Faits divers.

— Doucement! doucement! s'écriait tout-à-l'heure le célèbre Aubert, vous me donnez de la matière pour dix *Physiologies.*

En style d'imprimeur et d'éditeur, le manuscrit, fût-il de Chateaubriand, de lord Byron ou de Trissotin, c'est de la *matière*, rien que de la matière.

Lancez donc votre génie dans le ciel de la poésie, — creusez-vous donc la cervelle pour produire laborieusement un chef-d'œuvre, votre éditeur n'y verra toujours que de la matière !

— Tenez, Aubert, voici un chapitre que
nous allongerons d'une lieue, si cela est nécessaire,—un chapitre que vous couperez, comme
une ficelle, tout juste à l'endroit où finiront
vos cent vingt et une pages.

C'est un chapitre de faits détachés. — J'en
ai dans mon sac autant qu'il en faudrait pour
remplir les vingt-cinq Physiologies de votre collection. — Vous n'avez qu'à parler.

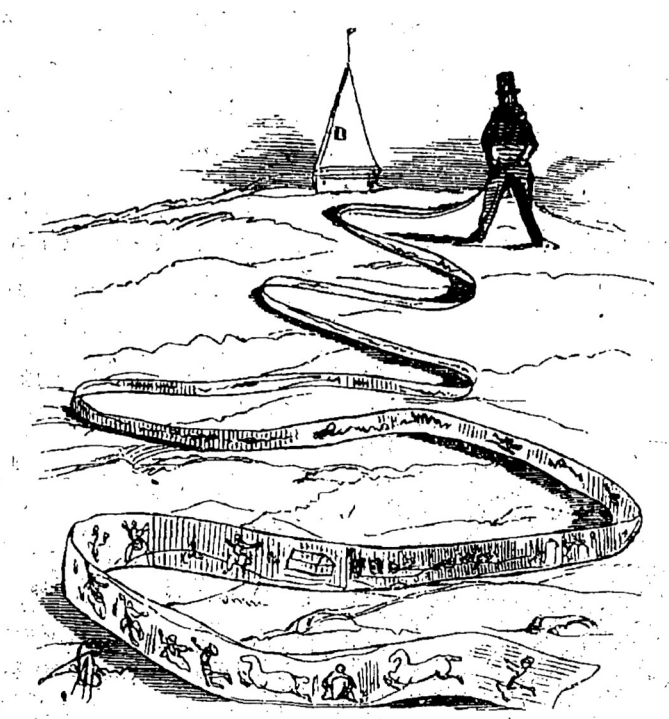

B***, inventeur des primes en loterie, des
bénéfices anticipés, des actions par duplicata,
fondateur de la Société typographique en actions, de la Société des Vocabulaires, de celles
des Médailles et de l'*Univers littéraire*, était
arrivé, à force de brillantes affaires, à ne pouvoir plus faire argent de sa signature.

— Ah, s'écria-t-il, les banquiers ne veulent
plus escompter mon papier ! c'est bon ; je vais
l'escompter moi-même.

Et il créa la Banque industrielle ; capital social : SIX MILLIONS. Malheureusement parut,
au moment de cette philanthropique entreprise,
le premier numéro de la série caricaturale des
Robert-Macaire, et les actions de la banque
ne se placèrent plus : le moucheron vint à bout
du lion.

Le même spéculateur avait précédemment
fondé un journal littéraire au capital de QUEL-
QUES CENTAINES DE MILLE FRANCS ; le capital
se réalisa en entier, et l'habile administrateur
se hâta d'organiser sa publication.

A cet effet, il prit un splendide appartement

au premier étage, sur les boulevards, — d'une
valeur de 10,000 francs par an ; acheta deux
magnifiques chevaux pur-sang, et fit faire une
voiture de la plus grande élégance pour porter
à la poste le service futur du journal également
futur ;

La livrée des garçons de bureau était du meilleur goût ; ils étaient dorés sur toutes les coutures.

Des traités furent passés avec tous les *maréchaux de la littérature* ;

Et la société, représentée par son directeur, donna immédiatement des concerts artistiques, des matinées dansantes et des bals littéraires.

Et le journal, on ne le fit donc pas? — Que Diable! attendez, on ne peut pas tout faire à la fois! Quand la société eut bien monté sa maison, quand elle eut donné un bon nombre de concerts, quand elle eut bien fait manger la littérature, — douée d'un fort bel appétit, — quand elle eut bien fait danser les rédacteurs et le fonds social, elle se mit en devoir de publier son premier numéro.

Mais, par une singularité difficile à s'expliquer, elle n'avait plus d'argent!... Que vouliez-vous qu'elle fît?

Elle liquida. — Mais il est juste de dire que sous ce rapport elle ne laissa rien à désirer : pour les actionnaires aussi bien que pour les fournisseurs, la liquidation fut si complète, qu'elle se changea en un parfait bouillon.

L'histoire de défunt *Figaro* nous revient en mémoire à propos de journal littéraire.

Figaro, le malin petit journal de la Restauration, devait avoir sa part du gâteau de 1830. — Il eut plus que sa part : il fut nommé préfet, obtint un privilége de théâtre, deux ou

trois décorations de la Légion-d'Honneur, et une foule d'autres friandises, tant et si bien qu'il en mourut de réplétion.

Trois ans se passent, le nom de *Figaro* appartenait à l'histoire ; il était tombé dans le domaine public : un monsieur le ramasse, constitue une société au *capital de trois cent mille francs*, et s'attribue CENT MILLE FRANCS pour l'apport du titre de *Figaro !*

Les actions se placent et le journal paraît trois mois, au bout desquels il s'éteint doucement dans les bras de son nouveau créateur.

Le voici donc mort encore une fois, c'est sans doute la bonne ? pas du tout. Le même monsieur, prenant goût à la chose, revend à un autre la dépouille *immortelle* du barbier de Séville ; le nouvel acquéreur reconstitue une *autre société*, qui bientôt tourne en liquidation ; et le nom de Figaro, — ce nom qui appartient à tout le monde depuis longtemps, — est vendu une troisième fois.

Convenez qu'en présence de cette facilité à réaliser des capitaux par certains procédés, il faut avoir l'honnêteté bien chevillée dans le cœur pour ne pas la laisser choir.

Un éditeur est député ; il profite de sa position toute ministérielle pour obtenir du gouvernement cent souscriptions à un ouvrage qu'il
vend 2,000 francs, et cet ouvrage n'est que la
réimpression de vieilles planches achetées à vil
prix dans une vente publique.

N'allez pas croire que nous fassions allusion
au *Py.....* avec lequel ce fait a malheureusement quelques rapports.

Le gouvernement a dépensé plusieurs millions à produire un monument graphique sur
des antiquités, — sur l'Égypte moderne, —
ou sur tout autre sujet d'une vaste étendue.

Quelque jour, n'en doutez pas, il se trouvera un éditeur qui, au moyen d'un pot-de-vin

donné convenablement, se fera autoriser à tirer sur les planches de cet ouvrage. Dans ce cas, il pourra vendre sa réimpression à fort bon marché, et gagner sur son livre ou sur son atlas quatre ou cinq cent mille francs.

L'ouvrage du gouvernement sera avili, c'est vrai; mais deux millions de gaspillage ne paraîtront pas sur la quantité de millions gaspillés, et personne ne le saura.

Puisque nous en sommes sur le compte de l'éditeur, citons encore quelques-unes des *floueries* qu'il *pourrait* pratiquer.

Il pourrait annoncer un Dictionnaire des sciences médicales en trente volumes, recevoir les souscriptions et pousser sa collection à 80 volumes, de telle sorte que le souscripteur, qui n'a cru dépenser qu'une somme donnée, se trouverait forcé de débourser trois fois plus.

Il pourrait, après la riche récolte produite par ce livre, en faire une réduction, un abrégé en 20 ou 25 volumes et récolter une seconde fois ; — seulement vous payeriez alors cent francs le résumé du fatras que votre voisin aurait payé dix fois plus cher.

Il pourrait (s'il était député ministériel, la chose serait très-facile) obtenir le droit d'imprimer le Dictionnaire de l'Académie et de le vendre à son profit, sans rembourser à l'État les 15,000 francs que ce livre lui aurait coûté pendant 30 ans, soit 450,000 francs.

Il pourrait bien d'autres choses encore !

Savez-vous, bons électeurs de province, comment se fait la pot-bouille législative? Écoutez :

M. D*** est nommé rapporteur de la commission choisie pour examiner le projet de loi sur tel chemin de fer. On sait que le rapport doit être fait dans un sens qui blessera les intérêts de telle compagnie. Cette compagnie s'émeut et dépêche auprès de M. D*** un des ses directeurs. Celui-ci , après les premières banalités ordinaires entre gens qui n'osent aborder de front une question embarrassante , glisse adroitement au rapporteur l'offre d'une cinquantaine d'actions ; — cela est dit en termes assez clairs pour être bien compris , assez obscurs pour ne pas demander de réponse catégorique. — Peu de jours après , M. D*** fait le rapport : sa conclusion est , à la vérité , négative pour la compagnie ; mais les motifs , les considérants sont arrangés de telle façon qu'ils tournent tous pour l'affirmative.

C'est une bien belle chose que la philanthropie ! Demandez à M. ***. Pendant dix ans, il a couru les bagnes et les maisons de correction, écrivant à tort et à travers sur les pauvres prisonniers, et réclamant pour ses chers protégés plus de douceurs qu'ils n'osaient en espérer eux-mêmes. Leurs chambres étaient trop obscures, leur nourriture trop peu succulente ; si on l'eût écouté, on eût fait de tous les faussaires, banqueroutiers et assassins autant de bons gros chanoines... On a pris le parti le plus sage, — on l'a fait inspecteur des prisons. — Rien n'est changé, mais tout est bien ; sa philanthropie est satisfaite.

Pourriez-vous me dire ce qu'est devenu certain bourgeois qui, tous les matins, couvert d'un petit manteau, distribuait incognito des potages, et courait ensuite les boutiques en disant : — C'est moi qui fais tant d'aumônes !

c'est moi qui suis l'homme modeste dont vous
avez sans doute entendu parler !... — Il est dé-
coré, m'a-t-on dit. Fait-il toujours ses anciennes distributions ?

Cependant, il est une institution philanthropique qui se distingue parmi toutes les œuvres
humanitaires ! C'est une société, une sorte d'a-
cadémie Monthyon , dont le but est d'encoura-
ger le bien et de glorifier le courage. Un homme
se précipite-t-il dans l'eau ou dans le feu pour
sauver son semblable, la société lui décerne immédiatement une médaille , sur laquelle sa
belle action est inscrite !

Et ce morceau de bronze précieux, la société
lui en fait don à perpétuité , — pour la baga-
telle de 25 francs.

Certes ! voilà un hommage rendu à la vertu !
Voilà une société vraiment utile, morale et philanthropique !

Pour vingt actions de ce genre, vous pouvez
avoir vingt médailles ; vous pouvez même en
avoir davantage , et , au besoin , il suffira que
vous ayez eu l'intention de vous distinguer —
et l'attention de payer vos médailles.

———————

Saint - P*** fonde un journal. C'est une entreprise qui exige impérieusement un fort capital : Saint-P*** n'a pas le premier sou. N'importe ! son journal paraît, grâce au crédit risqué
par l'imprimeur. Au bout d'un mois , celui-ci
ne voyant pas venir le payement promis, cesse
l'impression. Mais il reçoit aussitôt de Saint-
P*** une assignation dans laquelle, attendu que
le sieur *** refuse d'imprimer *sous de vains*
prétextes, et par ce refus compromet grave-
ment les *intérêts* du demandeur, il le somme
d'avoir à lui payer la somme de 10,000 fr. de
dommages-intérêts !...

M. le duc d'A*** avait promis à une compagnie de banquiers de lui faire obtenir un privilége de théâtre , et la compagnie s'était engagée, en cas de réussite; à lui payer une somme de 300,000 fr. — Le privilége est accordé , et les banquiers s'empressent d'apporter à M. le duc les 300,000 fr. convenus. — Seulement , au lieu de billets de banque , ces messieurs lui présentent 300,000 fr. de ses propres lettres de change, qu'ils ont achetées sur la place à 30 pour 100.

M. d'A*** a floué le gouvernement, les banquiers ont floué M. d'A***, c'est dans l'ordre !

***

M. M*** est un grand fondateur d'académies. — C'est donc un grand savant? — Pas si bête ! C'est un spéculateur.

Il crée l'académie de zoologie, — ou de géographie, — ou de toute autre science.

Il s'intitule lui-même président à vie.

Ses fonctions sont gratuites, — il est seulement logé, chauffé, éclairé par la société ; c'est bien le moins qu'on puisse accorder cela au président d'un corps savant ! — et il prélève somme de... pour ses frais de bureau.

Quiconque est géologue, géographe, ou bien se propose de le devenir, est appelé, — et tout le monde est élu... moyennant une modique rétribution annuelle.

Personne n'est floué, car, pour une faible rétribution, chacun reçoit son diplôme, en véritable parchemin, signé du président,

M***

et de son valet de chambre,

Secrétaire perpétuel.

Ce qui donne le droit d'ajouter à sa signature le titre de membre de la Société de géologie, — ou de géographie, — ou de n'importe quoi.

————

Un homme de lettres, bien connu, livre un

manuscrit à son éditeur, et celui-ci veut, en le payant, retenir une somme que l'auteur lui doit. — Plaisantez-vous, mon cher? s'écrie l'homme de lettres! je n'ai pas besoin de la somme que je vous dois, mais de celle que vous me devez : payez-moi tout, et restez mon créancier.

FIN.

TABLE.

FIN

LE
MUSÉE PHILIPON,

MUSÉE ET MAGASIN COMIQUES.

Deux ou trois livraisons par mois. — Chaque livraison est composée de 8 pages in-4° et contient de 35 à 42 dessins par — ALOPHE, — BENJAMIN, — CHAM, — DAUMIER, — DOLLET — FOREST, — GAVARNI, — GRANDVILLE, — EUGÈNE LAMI, — LORENTZ, — TRIMOLET, — CH. VERNIER et autres.

Peu de texte et beaucoup d'images, telle est la devise que l'auteur de cette publication comique a adoptée.

Le MUSÉE PHILIPON est une création aussi neuve que le fut dans temps le *Charivari*, qui le premier donna un dessin par jour. Il appartenait donc au fondateur de ce journal de faire une chose plus surprenante encore : il a fondé son *Musée*, qui présentera dans l'année la somme de plus de MILLE DESSINS.

Prix de la livraison, au bureau. 50 centimes.
Par la poste, 60 centimes.
Pour Paris, 48 livraisons rendues à domicile franco, 24 fr.
Pour Paris, 24 livraisons, 12 fr.

Pour les départements :
48 livraisons franco, 28 fr.
24 id. id, 14 fr.

On souscrit en adressant à MM. AUBERT ET Cie, éditeurs, place de la Bourse, un bon de poste de 28 francs ou de 14 francs.

Langlois et Leclercq, éditeurs,

Successeurs de Pitoi-Levrault et Cⁱᵉ, rue de La Harpe, 81.

DICTIONNAIRE DE CONVERSATION

A l'usage des Dames et des jeunes Personnes, ou

Complément nécessaire de toute bonne éducation;

PUBLIÉ SOUS LA DIRECTION DE M. W. DUCKETT,

Rédacteur en chef du Dictionnaire de la Conversation et de la Lecture

AVEC LE CONCOURS

Des principaux Collaborateurs à ce grand ouvrage

OUVRAGE TERMINÉ.

L'ouvrage complet, illustré de 1,500 charmantes figures, et orné de 25 cartes géographiques coloriées, formera 10 volumes petit in-8° anglais d'environ 450 pages. Prix de chaque volume, 3 fr. 50 c.

Liste des Cartes géographiques qui accompagneront le Dictionnaire.

1° Mappemonde. — 2° France par départements. — 3° France par anciennes provinces. — 4° Europe. — 5° Asie. — 6° Afrique. — 7° Amérique méridionale. — 8° Amérique septentrionale. — 9° Océanie. — 10° Palestine. — 11° Algérie et Etats barbaresques. — 12° Gaules. — 13° Egypte. — 14° Confédération germanique (Autriche, Prusse, Pologne). — 15° Hollande et Belgique. — 16° Espagne et Portugal. — 17° Grèce ancienne. — 18° Italie ancienne. — 19° Italie et Sicile. — 20° Russie et Pologne. — 21° Grèce et Turquie. — 22° Suède et Norwége. — 23° Grande-Bretagne. — 24° Colonies françaises. — 25° Suisse.

139

caricatures, les 99 centièmes de ce qui paraît en ce genre sont imprimés par elle ; c'est dire qu'elle seule possède un assortissement bien complet des dessins comiques destinés à l'amusement.

ESTAMPES, — ALBUMS, — LIVRES ILLUSTRÉS, — CARICATURES, — RECUEILS POUR JETER SUR LES TABLES DE SALON, — MODÈLES DE DESSINS, — ORNEMENTS, — MOTIFS POUR LES DESSINATEURS DE FABRIQUE, etc., etc., etc.

ALBUMS DE POCHE. Sous le titre de *Miroir du Bureaucrate*, — *Miroir du Collégien*, — *Miroir du Calicot*, — *Miroir du Pique-Assiette*, etc., format des Physiologies et du prix infiniment modique de 50 cent.

FOLIES CARICATURALES, fort piquant album de salon, paraissant par livraisons remplies d'une myriade de folies grotesques. Prix de la livraison, 50 cent.

L'ALBUM CHAOS, ouvrage du même genre, dessiné à la plume et pouvant servir de modèle de croquis. La livraison, 50 cent.

HISTOIRES PLAISANTES DE MM. *Jabot*, — *Crépin*, — *Vieux-Bois*, — *Lajaunisse*, — *Lamchasse*, — *Vert-Pré*, — *Jobard*, — *Des deux vieilles Filles à marier*, — *et d'un Génie incompris*. — Prix de chaque album, 6 fr.

CHOIX IMMENSE D'OUVRAGES DE TOUS GENRES POUR CADEAUX D'ÉTRENNES, — SOUVENIRS DE VOYAGE, — LIVRES A GRAVURES, etc., etc.

Publications pour Enfants.

LA MORALE EN IMAGES, texte par MM. *l'abbé de Savigny*, — *Léon Guérin*, — *O. Fournier*, — *A. Auvial*, — *Michelant et madame Eugénie Foa*; — Dessins de MM. *Alophe*, — *Beaume*, — *Charlet*, — *Jules David*, — *Deveria*, — *Francis*, — *Johannot*, — *Janet-Lange*, — *Louis Lassalle*, — *Léon Noel*, — *C. Roqueplan*, — *E. Wattier*, et autres, publié sous la direction de M. *Ch. Philipon*. Livraisons de 25 cent., 40 livraisons forment un volume dont le prix sera porté à 12 fr. aussitôt qu'il sera complet.

LE PANTHÉON DE LA JEUNESSE, histoire des Enfants célèbres, 50 cent. la livraison. — LES SOIRÉES D'AUTOMNE, nouvelle morale en actions, 25 cent. la livraison. — LE VOCABULAIRE DES ENFANTS, — le LIVRE D'IMAGES, etc., etc.

Langlois et Leclercq, éditeurs,

Successeurs de Pitoi-Levrault et Cᵉ, rue de La Harpe, 81.

DICTIONNAIRE DE CONVERSATION

A l'usage des Dames et des jeunes Personnes, ou

Complément nécessaire de toute bonne éducation:

PUBLIÉ SOUS LA DIRECTION DE M. W. DUCKETT,

Rédacteur en chef du Dictionnaire de la Conversation et de la Lecture;

AVEC LE CONCOURS

Des principaux Collaborateurs à ce grand ouvrage

OUVRAGE TERMINÉ.

L'ouvrage complet, illustré de 1,500 charmantes figures, et orné de 25 cartes géographiques coloriées, formera 10 volumes petit in-8° anglais d'environ 450 pages. Prix de chaque volume, 3 fr. 50 c.

Liste des Cartes géographiques qui accompagneront le Dictionnaire.

1° Mappemonde. — 2° France par départements. — 3° France par anciennes provinces.—4° Europe. — 5° Asie. — 6° Afrique. — 7° Amérique méridionale. — 8° Amérique septentrionale. — 9° Océanie. — 10° Palestine. — 11° Algérie et Etats barbaresques. — 12° Gaules. — 13° Egypte. — 14° Confédération germanique (Autriche, Prusse, Pologne). — 15° Hollande et Belgique. — 16° Espagne et Portugal. — 17° Grèce ancienne. — 18° Italie ancienne. — 19° Italie et Sicile. — 20° Russie et Pologne. — 21° Grèce et Turquie. — 22° Suède et Norwège. — 23° Grande-Bretagne. — 24° Colonies françaises. — 25° Suisse.

139

caricatures, les 99 centièmes de ce qui paraît en ce genre sont imprimés par elle; c'est dire qu'elle seule possède un assortissement bien complet des dessins comiques destinés à l'amusement.

ESTAMPES, — ALBUMS, — LIVRES ILLUSTRÉS, — CARICATURES, — RECUEILS POUR JETER SUR LES TABLES DE SALON, — MODÈLES DE DESSINS, — ORNEMENTS, — MOTIFS POUR LES DESSINATEURS DE FABRIQUE, etc., etc., etc.

ALBUMS DE POCHE. Sous le titre de *Miroir du Bureaucrate*, — *Miroir du Collégien*, — *Miroir du Calicot*, — *Miroir du Pique-Assiette*, etc., format des Physiologies et du prix infiniment modique de 50 cent.

FOLIES CARICATURALES, fort piquant album de salon, paraissant par livraisons remplies d'une myriade de folies grotesques. Prix de la livraison, 50 cent.

L'ALBUM CHAOS, ouvrage du même genre, dessiné à la plume et pouvant servir de modèle de croquis. La livraison, 50 cent.

HISTOIRES PLAISANTES DE MM. *Jabot*, — *Crépin*, — *Vieux-Bois*, — *Lajaunisse*, — *Lamchasse*, — *Vert-Pré*, — *Jobard*, — *Des deux vieilles Filles à marier*, — *et d'un Génie incompris*. — Prix de chaque album, 6 fr.

CHOIX IMMENSE D'OUVRAGES DE TOUS GENRES POUR CADEAUX D'ÉTRENNES, — SOUVENIRS DE VOYAGE, — LIVRES A GRAVURES, etc., etc.

Publications pour Enfants.

LA MORALE EN IMAGES, texte par MM. *l'abbé de Savigny*, — *Léon Guérin*, — *O. Fournier*, — *A. Auvial*, — *Michelant et madame Eugénie Foa*; — Dessins de MM. *Alophe*, — *Beaume*, — *Charlet*, — *Jules David*, — *Devéria*, — *Francis*, — *Johannot*, — *Janet-Lange*, — *Louis Lassalle*, — *Léon Noël*, — *C. Roqueplan*, — *E. Wattier*, et autres, publié sous la direction de M. *Ch. Philipon*. Livraisons de 25 cent., 40 livraisons forment un volume dont le prix sera porté à 12 fr. aussitôt qu'il sera complet.

LE PANTHÉON DE LA JEUNESSE, histoire des Enfants célèbres, 50 cent. la livraison. — LES SOIRÉES D'AUTOMNE, nouvelle morale en actions, 25 cent. la livraison. — LE VOCABULAIRE DES ENFANTS, — le LIVRE D'IMAGES, etc., etc.

En vente chez les mêmes Libraires :

PHYSIOLOGIE DU CRÉANCIER ET DU DÉBITEUR, par
    Maurice Alhoy, vignettes de *Janet-Lange*.
Id. DE LA PARISIENNE, par *Taxile Delord*, dessins
    par *Menut-Alophe*.
Id. DE LA GRISETTE, par *Louis Huart*, dessins par
    Menut-Alophe.
Id. DU MUSICIEN, par *Albert Cler*, dessins par *Daumier*
    Gavarni, Janet-Lange et *Valentin*.
Id. DE LA FEMME LA PLUS MALHEUREUSE DU MONDE,
    par *E. Lemoine*, dessins par *Valentin*.
Id. DU BAS-BLEU, par *Frédéric Soulié*, dess. par *Vernier*.
Id. DU PROVINCIAL A PARIS, par *Pierre Durand* (du
    Siècle), dessins par *Gavarni*.
Id. DU TAILLEUR, par *Louis Huart*, dessins par
    Gavarni.
Id. DE L'EMPLOYÉ, par *Balzac*, dessins par *Trimolet*.
Id. DU MÉDECIN, par *L. Huart*, dessins par *Trimolet*.
Id. DE LA LORETTE, par *Maurice Alhoy*, dessins par
    Gavarni.
Id. DE L'ÉTUDIANT, par *L. Huart*, dessins par *Daumier*
    Alophe et *Maurisset*.
Id. DE L'HOMME MARIÉ, par *Paul de Kock*, dessins
    par *Marckl*.
Id. DU GARDE NATIONAL, par *L. Huart*, dessins par
    Trimolet et *Maurisset*.
Id. DE L'HOMME DE LOI, par un *Homme de Plume*,
    dessins par *Trimolet*.
Id. DU FLANEUR, par *L. Huart*, dessins par *Daumier*
    et *Alophe*.
Id. DE LA TORTIÈRE, par *James Rousseau*, dessins
    par *Daumier*.
Id. DE L'ÉCOLIER, par *Édouard Ourliac*, dessins par
    Gavarni.
Id. DU VOYAGEUR, par *Maurice Alhoy*.
Id. DE L'HOMME A BONNES FORTUNES, par *Édouard*
    Lemoine, dessins par *Gavarni*.
Id. DU CHASSEUR, par *Deyeux*, dessins par *E. Forest*.
Id. DU TROUPIER, par *Marco-St-Hilaire*, dessins par
    Vernier.
Id. DU BOURGEOIS, texte et dessins par *H. Monnier*.
Id. DU DÉBARDEUR, par *Alhoy*, dessins par *Gavarni*.

La Collection des *Physiologies-Aubert* sera complète en
    25 volumes.

PARIS. IMPRIMÉ PAR BÉTHUNE ET PLON.

www.ingramcontent.com/pod-product-compliance
Lightning Source LLC
Chambersburg PA
CBHW060807250626
47162CB00005B/1697